KB144275

모자이크
사랑

모자이크 사랑

조각조각 난
사랑의 파편들을
애써 모아서
하나의 그림을 그려봅니다

남중헌 지음

책머리에

시는 삶의 진실을 추구한다. 인생은 밝고 아름답고 행복할 수도 있지만 때때로 어둡고 추하고 불행을 만나기도 한다. 따라서 삶의 진실은 이 두 가지의 관련된 정서를 모두 종합적으로 망라하는 곳에 함께할 것이다. 또한 삶의 진실은 현실 속에도 있지만 때때로 현실을 부정하고 이상향의 또 다른 세계로 나아갈 때야 발견될 수도 있을 것이다.

이 책에 올린 여러 시들 중에는 잔잔하던 고정 관념과 정서에 돌멩이를 던져 파문을 일으키는 심정으로 쓴 시들도 많이 포함되었다. 현실 비판, 풍자, 해학, 참회, 대안 추구 등 가급적 다른 각도에서 접근하려고 노력했다. 그래서 어쩌면 일부 독자들의 마음을 다소 불편하게 할지도 모른다. 시가 언제나 사랑, 우정, 기쁨, 희망, 감동, 경이, 긍정, 화합, 자연찬미 등의 익숙한 정서만을 반드시 나타내란 법은 없을 것이다.

최근에 우리나라의 정세가 매우 급변하며 불투명한 혼돈에 대하여 고뇌하였다. 비핵화 문제, 전쟁과 내란의 가능성, 체제위기 등의 우려 속에서 갑작스

러운 감정의 기복과 긴장, 시대적 아픔을 강하게 느끼지 않을 수 없었다. 시는 결국 우리의 삶의 현장인 이 세상의 변화와 결코 무관할 수 없을 것이다.

이 책이 나오기까지 여러 가지 유익한 조언을 아끼지 않으신 '창작애' 회원들에게 진심으로 고맙게 생각하고 있다. 이번에도 기꺼이 정성스럽게 이 책을 출판해 주신 맑은샘 사장님께도 심심한 감사의 말씀을 드린다.

2019년 4월 14일
울주군 못안못 노거정에서
저자 남중헌 씀

차례

증명

평시에는
주로
말로
사랑을 표현하는
때이다

난세에는
주로
행동으로
사랑을 증명하는
때이다.

우익과 좌익

물고기에게 물어 보았다
너거들은
우익이니 좌익이니
고개를 갸우뚱

새들에게 물어 보았다
너거들은
우익이니 좌익이니
고개를 갸우뚱

소들에게 물어 보았다
너거들은
우익이니 좌익이니
고개를 갸우뚱

어린애들에게 물어보았다
너거들은
우익이니 좌익이니
고개를 갸우뚱

환상의 굴레

정치적
환상이든

종교적
환상이든

심지어
짝사랑의
환상이든

환상의
속성은 모두 같다

현실에
눈멀게 하여
바보로 만들고

개성과
자존심을
잃게 되어
자기를 부정케 한다

마약중독과 같이
한번 빠지면
여기서
헤어나기 어렵다

결국
자유를
포기하게 만든다

단 한 가지

친일 역사를
청산 못 했다는 것
자네 말이 옳다

민족 통일이
중요하다는 것
자네 말이 옳다

외세 의존을
벗어나야 한다는 것
자네 말이 옳다

불평등 구조가
모순이라는 것
자네 말이 옳다

전쟁보다 평화가
더 중요하다는 것
자네 말이 옳다

설사
자네 주장이
모두 옳다고 하더라도

오직
단 한 가지

자유가 없는 길이라면

나는
결코
자네와
함께 할 수 없네.

인류사회의 꽃

무리 중에서
길을 잃은
한 마리의 양을
찾아 나서는
마음과 같이

인류역사상
인간들이 생각해 낸
최선의 이념은

개인 존중의
휴머니즘이다

이러한
휴머니즘 정신에 의한
사회조직은
개인 자유가
잘 보장되는 곳

이것은
가까스로
겨우 피어난
인류사회의 꽃

영혼까지

사랑하는
사람의 영혼까지
깊이
만난 적이 있나요

그래서
어떠했나요

마치
매우 아름다운 음악의
선율과 같았다고요

당신은
님을
진짜로 만나봤군요

삶의 무게

데이트는
유희 같아
많이 웃는다

결혼은
머리가 복잡하여
조금 웃는다

아기가 태어난다
미래를 걱정하며
진지해진다

아기가 또 태어난다
심각해지고
삶의 무게를 느낀다

양과 질

여러 여자를
동시에
사랑하는 남자

그 사랑의 깊이는
얕을 수밖에 없다

주위에 많은 친구를
동시에
두고 있는 사람

그 우정의 깊이는
얕을 수밖에 없다

인간은
유한적인 존재

양과 질을 동시에
높일 수 없다

백지 한 장

새해가 되니
신으로부터
가슴속에
또 백지 한 장을 받았다

네 마음대로
네 인생을 한번 그려 보아라

그리움
사랑
우정
자연친화
야망과 성취
미움
질투와 시기
증오
복수
등

처음 화폭을 대면하는
화가처럼
깊은 생각에 잠긴다

올해는
무엇을 가슴속에 담을까

겨울 태양

중천에 태양이
떠 있지만

너무 춥다고
소리쳐 봐도
전혀 아랑곳하지 않는

태양 같지 않은 태양

따뜻하게 해줄 수 없는
그 무능력에

처량한 슬픈 표정이

마치 실직한 가장의
안타까운
모습 같다

전봇대

한 줄로 길게
늘어서 있다

전선으로
몸이 묶인 채
나란히

꼼짝 못 하고 있다

차갑고
매서운 겨울바람이
불 때마다

모두가
웽웽거리며
울고 있다

빗자루

인생의
황혼기가 왔다

지금까지
어지럽게 펼쳐왔던
수많은
유형무형의
삶의 조각들

빗자루로 청소하듯
무의미한
모든 것을
쓰레기처럼
몽땅 쓸어내 버린다

인생의 대청소

다만
크든 작든
사랑을 기억케 하는
흔적들만은
특별히
골라내어
남겨두면서

상사(上司)

회사원이
농민보고

당신은
통제를 하는
상사가 없어서
참 좋겠다

농민은
마찬가지라고
반론한다

땅이
잔소리하고
하늘이
명령합니다

허점

전지전능하신 하나님도
못하시는 것이 분명 있지요

당신이 아플 때 하나님이
당신 대신 약국에 가서
약을 사다 줄 수 있나요?

하나님이 당신을
병원까지 차를 태워주고
보호자 싸인을 해줄 수 있나요

하나님이 당신이 배고프다고 할 때
뷔페에 가서
음식을 사 줄 수 있나요

하나님이 당신이 하와이로
놀러 가고 싶다고 할 때
여행사에 계약해 줄 수 있나요

하나님은 축복과 죄사함 구원 등
큰일을 잘하시겠지만
작은 구체적인 일은 잘 못 하는
허점이 있지요

그러니까
하나님 외에
내가 필요할 때도 있어요

아니
내가 할 수 있는 일도 모두
하나님의 계획 하에서
움직이는 것이라고요

진짜
더이상 할 말이 없군요

개구리

철부지하고
어릴 적에
그냥
무심코 한 행위였지만

살아있는
큰 개구리를 잡아
너무나
쉽게

배를 가르고
허리를 자르고
다리의 껍질을 벗겨
소금치고
연탄불에 구워 먹은 일

거의
수백 마리나 된다

나이가 드니
이것이
마음에 걸려
결코
변하지 않은 기억이 된다

그때
개구리들은
진짜 얼마나
억울하고 기가 찼을까

나의 못된 행위를
멈추게 하고 싶지만
도무지
불가능하여
결국
그들의 슬픈 운명이 되었겠지

나는
개구리들에게
단지
무자비하고
잔학한
독재자로만 보였을 것이다

입장을 바꾸어 생각해 봐라
너라면 괜찮겠니
바꾸어 생각해 봐라
바꾸어 생각해 봐라

수많은 개구리들의

원혼들이

내 주위를

맴돌며

아직도

절규하는 것 같다

대답

복잡하게 생각할 것
전혀
없다

결론은
한 가지 질문에
스스로
대답해 보면 된다

남한과
북한 중

나는
어느 체제에서
더
살고 싶은가

가축처럼

야생동물과는
달리

가축에 대한
인간의
지배 권력은 절대적이다

우리 속에 갇혀
도망가지 못한다

먹을 것을
받아먹지 못하면
바로 굶어 죽는다

다른 방법으로
먹이를 찾을
대안이 전혀 없다

가축의 운명은
완전
인간에게 통제 당한다
죽이건 살리건
인간의 손에 달렸다

인간도
인간에게
똑같이
가축처럼 될 수 있다

위험이
닥쳐오는지도 모르고
멍한 상태로 방심하다 보면
마찬가지가 된다

거주이전의 자유가
없으면 꼼짝 못한다

식량배급제로
먹을 것에 목메이게 된다

사유재산이 박탈되어
대안이 전혀 없다

이 정도의 처지가 되면
깨닫는다고 해도 너무 늦었다

인간도
인간에게
똑같이
가축처럼 될 수 있다

시간

신이 만드신
이 세상의 만물들은
변화의 정도가 모두 다르다

거의 변하지 않는 것에서부터
매우 급변하는 것까지

시간은
인간이 인위적으로 만든
시계바늘을
객관적으로
돌리는 척도일 뿐

원래
이 세상에는
천태만상의
변화만 있을 뿐
시간이
존재하는 것은 아닐 것이다

그리고
실제의
시간의 흐름은
오직
인간의 주관적 판단

같은 시간도
행복할 때는
순식간에 지나가 버리고
불행할 때는
더디게 움직인다

시계바늘이
아무리 많이 돌아도

설사 한 해가
빨리 지나가서
또 새해가 다시 왔다고 해도

나의 몸과 정신에
변화가 없고

또한 이웃이나
주위환경에 변동이 없다면

나의 시간은
거의
흐르지 않은 것과
같은 것

어떤 관계냐에 따라
시간은
상대적이다

만약
40년 전에
사귀던 연인들도
서로의 마음이
똑같이 변하지 않았다면

둘 사이의
정신적인 시간은
정지한 것이다

바로
어제 만난 것이다

놀이

잘 놀고 나면
사랑도
자연스럽게
엮어진단다

사전에
재미있는
놀이가 전혀 없이

자다가
홍두깨 내밀듯이
사랑의 고백만 하면

십중팔구 실패란다

짝사랑으로
불쌍한
나에게
옛 친구가 이렇게 충고했다

그렇다 해도
사전에
재미있게
노는 것이 더 힘드니

옛 친구

가끔
옛 친구 생각이 난다

대학에
첫 학기 다니다가
방학 때 시골로 내려왔을 때

동네 어릴 때
그 친구가
나를 무척 부러워했다

이제부터
넌 멋진 여자 친구가
많이
생길 수 있어서
참 좋겠네

그래
지금 몇 명이나
사귀니?

아직
하나도 안 사귄다
공부하느라고
정신없어

그러면
도대체 뭐하러
서울까지 가서
학교 다니니

그 맘씨 좋은
죽마고우는
저 세상에 먼저 가 있다

사랑의 한계

아무리 누구를
사랑한다고 하여도
자기희생만큼

이것을 넘어서는 사랑은
불가능하다

자기 희생 없는
사랑은 위선

인간은 유한적인
존재이기 때문에
사랑의 대상자 수는
당연히 제한적

한 곳에
자기 희생이 다하면
사랑의 능력을 상실하기에
또 다른 곳을
그만큼 사랑하는 것은
불가능

무한히 많은 사람들을
동시에
사랑하는 존재는
무한한 능력을 가지신
신神뿐이다

궁금해지네

자기 부인한테
핸드백으로
마구 난타를 당했다는 소문이
아파트에 자자하다

그렇게 맞은 아저씨가
울산의 어느 병원의
저명한 의사라니
참으로 놀랍다

도대체
무슨 사유일까
자꾸만 궁금해지네

작은 바위

바닷가
작은 바위
하나

산 같은
파도가
계속
바위를 때린다

무엇을
그렇게 잘못했기에

인정사정없이
철썩
철썩

바다에도
폭력 당하는
아동이
있구나

이현령비현령

귀에 걸면 귀걸이
코에 걸면 코걸이

죄 없는 사람도
유죄로 만들고
죄 있는 사람도
무죄로 만들고

나라의 법적용이
미친 사람 오줌 누듯이
제멋대로다

운이 나쁜 놈만
당한다는
불확실성의 강한 인식들

요지경 세상

전쟁을 기다린 사람들

인류가
평화를 원하고
전쟁을 싫어한다는 말이
과연 진실일까

평화와 질서라는 장막 뒤에서
조용히 저질러지는 온갖
고문, 희생양, 인권유린
착취, 부정부패
불평등 심화
비민주, 독재전횡, 등

차라리
세상이 시끄럽게
한번 크게 뒤집혀 져서
원한도 갚고
소원도 풀고
비참한 처지도 역전시킬 수 있는

이러한 놀라운 기회를
바로 전쟁이
가져다주기에

그토록
전쟁을 기다린 사람들

평화와 질서이라는 장막 뒤에서
꼭꼭 숨겨진
이들의
전쟁의 강한 열망들을
솔직하게 직시해야

결혼제도

일부일처 결혼제도란
선택의 문제

한사람을 취하면
다른 사람은
모두
포기해야 한다

인류가 만든
아주 잔인한 게임

자기를 사랑하기 때문에
헤어진다면
꼭 자살할 것만 같은
상대에게 조차도

또한 그 비극의
가능성을 충분히 알면서도

경우에 따라서는
할 수 없이
본의 아니게

과감히
냉정하게
내쳐야만 하는
몹쓸 행위의 결과들

아무리
아무리
미화한다고 해도

치매

치매에 걸려도

여전히
같은 사람인가
아니면
다른 사람이 되는가

자기 이름도 모르고
부모도 모르고
자식도 모르고
친구도 모르고
자기 집도 모르게 된다면

기억을 상실한 자아는
같은 사람의
자아일까

아닐까

영혼

육체가 죽은 뒤에

비록 영혼이
살아있다고 하더라도

과거의
기억과
함께할 수가 없다면

하늘나라에서도

치매 상태와
별반
다를 바
없을 것 같은데

시간과
공간을 초월한다는
사후의 영혼은

이 세상의
시간과
공간 속에서
만들어진 정보들을

과연
언제나 늘
함께
갖고 있을까

소설책과 작가

소설책은 작은 세계
작가가 창조한
소우주

수많은 단어라는
질료와
이야기라는
형상을 동시에 갖고 있다

작가는
소설책의
신이 된다

작가는
소설책 안의
시공간에 전혀 구애받지 않고
절대속도로
앞뒤로 움직인다

소설책 내용의
과거
현재
미래는
소설책 안의
단지 등장인물들에게만 인식될 뿐
작가에게는 의미 없다

작가는
필요에 따라
소설책의 미래를
수정하면서
그와 연결된
과거도
같이 변경시켜 나간다

진짜
이 세상과 신과의 관계도

마치
소설책과 작가와의 관계처럼
서로 유사하지 않을까

또한 작가는
여러 권의 소설책을
동시에 갖을 수도 있다

한 소설책 속의 등장인물과
유사한 인물을
다른 소설책 속에
또 나타나게
할 수도 있을 것이다

부활의 사건처럼

신의 인식

과학을
받아들이지 못하는
신의 인식은

아직
불완전한
신의 인식임을
뜻한다

아는 것 같구나

저 빗줄기는
나의 슬픔을 아는 것 같구나

저 연꽃잎은
나의 외로움을 아는 것 같구나

저 천둥소리는
나의 후회를 아는 것 같구나

저 흐르는 강물은
나의 체념을 아는 것 같구나

똑같다

어차피
짝사랑은
모두
똑같은 것이다

지금
만날 수 없는
실존하는 어느 여인을
그리워하나

수십 년 전
앳된 모습의
추억의 여인을
그리워하나

허상으로
몸부림치는 점은
서로 똑같다

불확실성 감소

인간관계는
두 개인의 사이가
같아지는 것이 아니라

서로
불확실성을
감소시키는 과정

조직체계는
다수들 사이가
같아지는 것이 아니라

모두
불확실성을
감소시키는 과정

내일

초로와 같은 인생

불확실성으로
가득하다

먹고 싶을 때
먹어 보고

입고 싶을 때
입어 보고

만나고 싶을 때
만나고

사랑할 수 있을 때
사랑하자

도무지
내일은 믿을 수 없는 것

내일은
영원히 나에게
오지 않을 수도 있다

막바지

인생의
막바지가 되면

하루를 더 사느냐
못 사느냐
보다도

고통이 심하냐
않느냐가

더욱 중요한 문제

내 아들아
이것을
잘 명심해 두거라

나를 두고
연명치료 같은 것
결코
하지 말아라

매개변수

남자도
아들을 사랑했다
여자도
아들을 사랑했다

남자도
딸을 사랑했다
여자도
딸을 사랑했다

자녀는 바로
매개변수

이혼했던 남녀를
결국
다시 만나게 만든다

생명존중

불륜으로든
혹은 로맨스로든
어쨌든

상대하던
여자가
임신했을 경우이다

배속의
태아를 죽이는 것이 옳을까
아니면
살리는 것이 옳을까

여자가 물었을 때

그 남자는
양심을 좇아
결국
생명존중의 쪽을 택했다

그 대가로
평생 동안
단순한 삶을 살지 못하고

온통 뒤죽박죽

겨울나무의 인내

겨울나무는
단단히 벼르고 있다
봄이 올
그때만을

대단한 인내의 시간

지금은
도무지
내가 나설 때가
아니기에

수분을 필요로 하는
나뭇잎을
모두
낙엽으로
떨구어 버리고

세찬 바람이 불어도
아예
모른 체하고

하얀 눈이 와도
전혀
모른 체하고

뿌리는
얼어버린
땅속에서
그냥 잠만 자게 한다

오직
부활만을 위하여
몸을 최대한
작게 웅크리고 있다

겨울나무는
단단히 벼르고 있다
봄이 올
그때만을 위하여

자포자기

두 아들 중
맏아들 보다
둘째 아들을 더욱더 사랑했다

어느 날 갑자기
둘째 아들을
교통사고로 잃어버리자
망연자실

이제 다른 방법이 없다

나이가 많아서
요양병원에
입원한 후
맏아들에게 모든 것을 맡겼다

이제 다른 방법이 없다

주민등록증
도장
통장
집문서
땅문서
등

맏아들아
이 세상에서
부디 행복하게 잘 살거라

나는 하늘나라
둘째 아들을
만나러 가련다

어른은
자포자기하고
그만
영원히 눈을 감으셨다

환상

그토록 아름다운
선남선녀
서로 마주 보며 미소 짓고 있다

갑자기
한줄기 소용돌이치는
바람이 불자
두 사람은
머리끝에서 발끝까지

마치 모래가 흩날리듯
부셔지면서
결국
아무것도 남지 않는다

사라진 환상
꿈결처럼
동화처럼

이것은
결코 예상할 수 없는 일

육체는 바람따라
저 멀리 우주로 사라져 버리고

영혼과
생명도
이제
우주의 품속으로 안겨

신의 생명과
하나가 된다

신기루 같은 인생
홀로그램 같은 인생

언젠가
신의 은혜를 따라

다시
소용돌이치는 바람이 몰려와
모래를 쌓듯

육체가 만들어지고
영혼과 생명이 결합하여
두 선남선녀가
다시 나타난다

더하기

잘못된 것
더하기
잘못된 것은

더 잘못된 것

옳은 것
더하기
옳은 것은

더 옳은 것

잘못된 것
아무리
반복한다고 해도

옳게 되는 것이
아니다

시인

사랑을
잃어버린 사람들은

더욱더
절실하게

시인이
되지 않고서는

그 안타깝고
아픈
마음을

어디에다
하소연하면서

어찌
스스로를
달랠 수 있을까

관점 차이

어느 여성이
아무리
우아하게
불고기를 먹고 있다고 하더라도

소들이
그녀를 보았다면
매우
무서워할 것이다

양파

마치
속에
뭔가 가치 있는 것

깊숙이
숨긴 듯이

여러 겹으로
둘러싸고 있다

하나하나
모두
벗겨 봐도

결국은
특별한
아무것도 없다.

부엌칼

셋트로 산
부엌칼은
꼭 한가족 같다

이 부엌칼 가족은
참 행복하다

부엌에서
매일 합심하여
맛있는 음식을
만드는데 봉사할 뿐이다

이 부엌칼들은
다른 칼처럼
역시 날카로운
칼날을 갖고 있지만

마치 구원받은
사람들의 운명과 같다

강도나 깡패들을
위하여
일하지 않아도 된다

군도처럼
수천 명
혹은 수만 명의 목을
베지 않아도 된다

참으로 다행이다
축복받은 착한 칼이다

담벼락

오래된 어느 시골
면사무소 담벼락에도
또다시 봄볕이 찾아온다
모든 과거를
깡그리 잊은 듯이
아지랑이가 아른거리고
개나리꽃
민들레꽃이 어김없이 피어난다
연한 풀잎에는
이슬방울이 진주처럼
빛나고 있다
6·25사변 당시
수많은 사람들이
여기로 묶인 채 끌려오고
나란히 줄 세운 뒤
날카로운 비명소리와 함께
피가 낭자했던
무자비한 총살의 현장
이제 모든 역사는
전혀 아랑곳없는 듯이
담벼락에는
평화롭고
아름다운
봄의 정경만이
또다시 펼쳐지고 있다

도시의 밤

잔뜩 흐린 날
안개도 뿌옇고
이제 어둠이
서서히
깔리기 시작한다

하나둘
여기저기에서 켜지는
불빛들은
존재감을 표시하는 듯
아직 살아 있음을 나타내는 듯

육중한 콘크리트
다리가 지나는 강둑에는
나뭇가지만이
나란히
그 앙상한 형체를 드러내고

새까만
까마귀 떼들이
더 늦기 전에
오늘 밤 머물 곳을
찾느라고
하늘을
어지럽게 날고 있다

저 멀리 보이는
아파트 단지는
점점
불씨가 남은
숯덩어리처럼 변하고 있구나

얼음판

몹시 추운
겨울밤이 지나고
아침이 밝아 오니

강 위에
하얀 얼음판이
활주로처럼 펼쳐진다

햇살이
얼음판에 반사되니

눈부신
천국의 길이
열리는 것 같다

생명들을
보살피신
신의 귀향일까

얼음판 주변
마른 갈대숲에는
오리떼들이
소복이 모여

여기에서
지난 추운 밤을
서로
몸을 엉키어서
지냈나 보다

집이 있고
난방시설과
두꺼운 옷을 입은
나는

그동안의
신의 축복을
잊고 있었구나

꿈꾸는 호수

밤이 깊어지니
호수에
고요만이 남는다

포근한 어둠 속에서
조용히
잠자는 호수

꿈꾸는 호수

새들도 잠들고
물고기도 잠들고
주변의 나무도
모두 잠들고 있다

가끔씩
별빛의
흔들림 때문에
달빛의
미소 때문에

잠을 깰 뻔하여
조금 뒤척이기도 하지만

포근한 어둠 속에서
조용히
잠자는 호수

꿈꾸는 호수

사랑의 모음집

짝사랑의 전문가

평생 단 하나의
장편소설 같은
진실한 사랑을 추구하던
야망은
물거품처럼 사라지고

이제는 모자이크 사랑

어쩔 수 없이
단편소설 같은
조각조각 난
사랑의 모음집으로

단지 모를 뿐이다

개인이
망하는데도
다소 시간이 걸린다

그동안
단지
본인이
모르고 있을 뿐이다

나라가
망하는데도
다소 시간이 걸린다

그동안
단지
국민이
모르고 있을 뿐이다

빨리
미몽에서
깨어나야만
희망이 있다

세찬 칼바람

북극에서부터
한반도로
불어오는

겨울의
세찬 칼바람이

고향 산천의
칠보산을 후려치고
다시
송천강을
뒤흔들어 놓는 구나

내 마음도
역시
꽁꽁
얼어붙게 하니

앞으로
계속 다가올
한난든은
어찌 다 감당할꼬

신의 숨결

코에
손가락을 대어 보면

사람의
호흡을
알 수 있습니다

숲 속을 스치는
바람 소리를
가만히 들어보면

신의 숨결을
느낄 수 있습니다

경배

하나님이
무에서 유로
이 세상을 만드신

도무지 알 수 없는
위대한
창조능력 과정 때문에

하나님을
경배하는 것이
아니라

이미 창조되어진
이 세상 자체의
오묘함과
무한가능의 속성 때문에

하나님을
경배하는 것이다

실패한 인생

우익이든
좌익이든

혹은
어떤 종교 사상이든
누구든

인권을 침해하고
인간의 생명을 경시하는
세력과는

멀리하면 할수록
옳은 길이다

물론
전혀
부러워할 대상도 아니다

그들이 아무리
큰 권력과
굉장한 부자로서

자랑하거나
빼긴다 해도
사실상

단지
실패한
쓰레기 같은
인생일 뿐이다

역사적 공동책임

히틀러 나치 멸망의 순간

연합군의 공습으로
독일 전역은
온통 불바다가 되었다

나치 군인뿐만 아니라
수백만의 민간인들도
함께 몰살당하였다

왜 죄도 없는
부녀자 아이 노인 등
민간인도
함께 죽어야만 했는가

이것은
바로
역사적 공동책임
때문이었다

민간인들이
비록
전혀 총 들지 않고
단지
가만히 있어도

나치 정권의 탄생을
가능케 한
그 죄 때문에
역사적 공동책임 때문에

무자비한
폭격의 희생을
똑같이
당하지 않을 수 없었다

석양

구름떼들이
발갛게 흥분하여
한 방향으로
몰려가고 있다

서산을 넘어가는
태양을
모두가
뒤좇아 가고 있다

꼭 붙들어서
뭔가를
따지려는 듯이

태양이
마침내
서산을 넘어가
숨어버리면
어떻게 찾을 수 있을까

태양은
왜 저렇게 허겁지겁
쫓기는 신세가 되었을까

아무튼
이상한
숨박꼭질을 하고 있네

웃음을 자아내기도 하는
모양새
후후

어쩌면
태양이
수많은 구름들에게

한때
정열에 넘쳐

거짓 사랑을
해놓고
도망가는 것은 아닌지

진실

겉과
겉이
만나면

결국
거품일 뿐이다

중심과
중심이
만나야

결국
진실이 쌓인다

우상숭배

아무것도
아닌

돌덩어리에
혹은
고목나무에

전지전능한
신력을
부여하고
이를 숭배하는 것이나

아무것도
아닌

신이라는
단어 한마디에

전지전능한
신력을
부여하고
이를 숭배하는 것이나

우상숭배의 속성은
마찬가지

나의 분수

분수를 아는 것이
쉽지 않았다

내가 도무지
이해하지 못하는 세계와

내가
아무리 애써도
도달할 수 없는 일들이
지천으로 널려있다.

세상을
그만큼이나
오래 살았으면

이제
나의 분수를
충분히
알만도 할 텐데

나는
바보인가 봐

아직도 헷갈리는지
다시 또
긴가민가하네

감동

칼을 들고
위협하는 사람에게

오히려
꽃을 들고
다가가는 경우

그 인품에
감동하여

스스로
칼을 버리게 될
가능성은
얼마나 될까

감동의 확률문제

명예

세상의
모든 사람들의
선망의 대상이며
큰 사랑을
한몸에 받았던 여인

진선미의
화신

악마는
그녀를
그냥 두려고 하지 않았다

인권유린
유혈사태의
지독한 독재자가
그녀를 짓밟으려고 한다

온갖 위협
회유
고문
주변 가족 친지들의
박해를 통하여
자기 욕심을 채우려 한다

도저히
피할 수 없는
슬픈 운명이여

이제는
모든 것을 빼앗기고
한 가지만 남았구나

그녀는
자포자기하며
절규했다

나의 지조를 꺾고
나의 육체를 가져가도
어쩔 수 없소

나의 목숨을
거두어 간다 해도
어쩔 수 없소

다만
내가
당신에게 농락당한
사실만은
폭로하지 말아 주시오

내 이름을
부디
더럽히지는 말아주시오

세상 사람들에게
내 명예만은
마지막으로 남겨두시오

푸른 솔

푸른 솔은
오히려
눈이 내리고
세찬 바람이 부는
겨울을
다시 동경한다

독야청청
서 있을 때
많은 사람들이
그 기품을 추앙했지

봄이 오고
또 여름이 되니
겨울에는 앙상하게
오직
부끄러운 알몸만을 드러내던
모든 나무들에게도

똑같이
푸른 솔처럼
녹음이 우거지니

너나 나나
할 것 없이
모두가
별다른 특징이 없이
똑같아져 버리네

파리목숨

다큐멘터리 중에서

손이 고와 지식인 같다고
처형되었다

안경을 쓰니 지식인 같다고
처형되었다

건성으로 박수친다고 처형되었다

회의 중 안경을 닦는다고
처형되었다

회의 중 잠깐 졸았다고
처형되었다

고추 모종

시골에서
전해 들은 소문

어느 아저씨가
넓은 밭에
고추 모종을 다 심은 뒤에
농약을 쳤는데
이것이 과다했는지
그만
고추 모종들이
모두 녹아내렸다

심을 때 같이 고생했던
그의 부인이
잔뜩 화가 나서
남편을
바보 중의 바보라고
힐난하며
바가지를 박박 긁어댔다

아저씨는
안 그래도
분통이 터져 죽겠는데
마침내
부인을 화풀이
대상으로 삼게 되었다

부인은
도저히
이 남자와 같이 못 살겠다고
보따리 싸들고
집을 나갔고
얼마가 지난 후에는
결국
서로 화해하지 못하고
이 아저씨가 이혼 당했다

이 부부관계도
고추 모종처럼
매우
연약한가 보다

이해

옛날에는
왜
그들이
그런 대우를
받아야 하였는지
몰랐는데

이제는
잘
이해가 되었다

나라의
운명이
백척간두에
놓여있구나

킬링필드

산과
들
하늘을
지금 잘 보아 두어라

내일도
똑같은
평화로운
모습일 것이라고
말할 수 없다

혹시
지옥의
문이 열리고
온통 아비규환이 되면

아마도
다시는
상상하기도 힘든
풍경이 될 텐데

산과
들
하늘을
지금 잘 보아 두어라

세상 이치

세상 물정
많이 접하지 못한
아낙조차도
잘 아는

간단한
세상 이치를

그렇게도
세상 물정을
잘 안다는
남편은 모르고 있네

바보는
지식의 양과
전혀 상관이 없나 봐

그 자리에
가봤자
이용만 실컷 당하다가

결국
큰 죄를 혼자서
몽땅 뒤집어쓰고

감옥으로
직행할
것이라는 것을

욕심이
눈앞을 가려
진짜
모르고 있네

자기 망각

강아지가
늘 인간들 속에서
생활하고 있다

자기가
강아지라는 것을
그만 잊어버렸다

그래서
다른 강아지를
자꾸 멀리 한다

노인이
늘 젊은이들과
같이 일하고 있다

자기가
노인이라는 것을
그만 잊어버렸다

그래서
다른 노인들과
잘 어울리지 못한다

피난길

내 자식들아
네 어미와 함께
피난길을
내일 새벽에
당장 먼저 떠나가거라

아부지만 남겨두고
우리들만
어떻게 떠나요
우리들만 다른 곳에서
살아갈 능력도 없어요

아니다
너희들은
자유를 찾아
멀리멀리
떠나가야 한다
하나님이 보호하여
주실 거다

자유 없는 부자보다
자유 있는 거지가
더 나을 거다

나도
조금만 더
일이 정리되면
가급적
빨리

이곳을 떠나
곧 너희들을
뒤좇아 가마
부산에서 만나도록 하자

어리석음

꽃이
진 뒤에야
봄이
온 줄을 알았고

낙엽이
진 뒤에야
가을이
온 줄을 알았다

임종의
때가 되어서야
사랑을
받았음을 알았다

십자가

십자가에 매달려
처형되는
사람들이

늘
옛날 로마의
다른 사람들의
이야기인 줄로만 알았다

이제
우리나라의 상황이
더욱
어려워지면

먼 이야기가
아닌 것 같다

너무나
가까이에 와 있다

알곡

누가
알곡이고
누가
쭉정인지는

자기 자신 조차도
알 수가 없다

오직
세찬 바람이 불 때만

환란이 닥쳐와
십자가를
짊어질 때만

그 진실이
드러나겠지

누구나
쉽게
말로만 부르짖는
믿음은

헛되고 헛된 것

모두
허공 속으로
사라져 버리겠지

연못

봄이
왔다

연못 속의
물고기들이
원하든
않든

봄이
갔다

연못 속의
물고기들이
원하든
않든

지렁이

많은 비가 내린 뒤
갑자기
햇빛이 쨍하니

지렁이도
이때
자기 신세를
바꾸고 싶었다

감히
자기 분수도
잊어버리고
오만한 마음이 생겨

어둡고 추운
땅 밑에서
기어 나와

밝고 따스한
햇빛으로 나타났다

그러나
곧
온몸이
마비되고
말라죽고 말았다

고독

벗 없는
쓸쓸한
한 마리 새가
혼자
창공을 날고 있듯이

내 피곤한
영혼도
그렇게 외롭구나

내 마음을
주고
내 빈 마음속에
간직할

정다운
그 한사람이
꼭
필요한데

아무리
주위를
둘러보아도
전혀 보이지 않네

다시
나뭇가지에
내려앉아
숱한
무리들 속에 있으면서도

세찬
겨울바람을 맞아
깃털만이
심히 나부끼고

눈만
껌벅거리는 새처럼

유산(流産)

하나 낳아
잘 기르자

광풍처럼 지나가는
산아제한의
분위기에 휩쓸려

너도
유산을 당하여

세상의 빛을
보지 못하고
아주
어릴 때에
요절 당한 내 아가야

이 못난 부모를
부디
용서해다오

생각날 때마다
깊은 죄책감을
가졌는데

요즘
돌아가는 세상이
너무나
무섭고 험악하다 보니

차라리
눈감고
이 세상에
아예
태어나지 않은 것이

오히려
훨씬
더 나을 것도 같아

어쩌면
너의 한恨이
조금이나마
위로가 될 성도 싶구나

말세

우리

묻지도
따지지도 말고

무조건
사랑하면

안 될까요

마지막
날이

닥치기
전에

국가

역사를
살펴보면

국가는
두 개의 얼굴을 갖고 있다

천사의 얼굴과
악마의 얼굴

개인의
생명과 재산을
보호해 주고
자유를 누리게 해주는
착한 국가와

개인의
생명과 재산을
빼앗고
노예로 만들어 버리는
나쁜 국가

가정 혁명

가정은 아마도
정부의 축소판
곳곳에 탄핵이 범람한다

가정의 삼권분립
남편은 행정부
아내는 입법부
자식들은 사법부

남편이
무능하다고
잘못한다고
가족에 관심이 없다고
독재라고

아내로부터
탄핵소추를 당한다

남편은
억울하다고
사실이 아니라고
항변한다

결국 자식들은
탄핵 결정하여
엄마의 손을 들어주고

아빠를 가장의 자리에서
물러나게 한다

앞으로 남편에게는
외로운
귀양의 세월이 기다린다

정신 엔트로피

치매는
각종 수많은 생각의 관계의
구조적
체계적
종합적 특성이
무너지는 현상이다

그래서 정신이
파편화되고
무질서한 혼돈의 상태가 된다

에너지가 빠져나가며
불확실성이
증대되는
엔트로피 현상이다
존재가 소멸되는 과정이다

마치 육체의 구조가
결국 무너지는 것처럼

정신적 구조도 역시
때가 되면 점점
당연히 해체되는 것이다

조각난 추억들을 모아서

먼 훗날에
오직 한사람과의 추억만으로
한 장의
아름다운 사랑의 그림을 그릴 수 있다면

물론 그는 분명
축복받은 사람이다.

평생에
운명적인 결정적 한 상대를 만나지 못하고
이리저리 방황만 했던 사람이

그 대안으로써

여러 사람과의 관계에서
조각난 추억들을 모아서
역시 한 장의
아름다운 사랑의 그림을 그릴 수 있다면

그리고 이것을
가슴속에 간직한다면

이는 모자이크 사랑으로서
역시 유사하게라도
그 대상을 찾은 것이 아닐까

작은 사랑의 조각들

다른 사람에게는
거의 관심을 갖지 않고
오직 하나의 상대만을 두고
알콩달콩
지고한 사랑을 주고받는
가족이기주의 같은
배타적 사랑이
오랫동안 칭송을 받아왔다

반면에
많은 사람들에게 관심을 갖고
수많은 잔잔한 작은 사랑을 주고받는
박애주의와 같은
포괄적 사랑은
오히려 폄하되어 온 듯하다

티끌 모아 태산이라는 말처럼
작은 사랑의 조각들을 모아서
마치 퍼즐을 맞추듯
한 장의 모자이크를 만들면
오히려 더 큰 사랑의 추억이
그려질 수도 있다

사람들을 독립된 개별로 나눔이
하나의 인류공동체로 보는 관점보다
반드시 더 낫다는 판단은
그리 간단한 문제가 아닐 것이다.

가상의 어느 한 여인

늙어서 병실에 누워 있다
비바람이 창문을 두드린다

외로움에 지쳐 눈을 감으니
주마등처럼 지나가는
지난날 수많은 추억들

이 추억의 조각들을
내 마음대로
내가 원하는 대로

이리 섞고 저리 섞은들 어떠하리
조금 바꾸어 본들 또한 어떠하리

이 모든 아름다운 추억의 파편들을
마치 한 사람의 것인 양
가상의 어느 한 여인을 내세워
모두 함께 결합한들 어떠하리

모험

우리의 만남은
위험합니다.

아무 이득도
얻지 못하며

자칫하면
비난만 받을 수 있습니다.

오직
순수한 사랑의
무조건 동행이라지만

어쩌면
나중에
후회의 눈물을
흘릴 수도 있습니다.

이 모험
정녕 괜찮겠습니까

여기까지

알았죠
우리의 만남은 여기까지입니다

오래전부터 생각해 왔지만
입이 떨어지지 않았어요

진심은 감출 수 없는 법
더 이상 견딜 수 없습니다

이별의 아픔은 잠시뿐

앞으로
서로의 마음은
더 자유롭게 되어
올바른 길을 찾을 수 있을 겁니다

알았죠
우리의 만남은 여기까지입니다

마음의 방향

감사하니까
열 가지 이상의
장점을
보게 되고

불만을 가지니까
열 가지 이상의
단점을
보게 되네

역시

너거들도
역시
형편없는 인간인지 아닌지를

이번 일로 판단하리라

하나를 보면
열 가지를 안다고

망국의 징조
부정부패의 최대의 근원지

정피아
관피아

입시부정 같은
위법적 행동

다시 그곳에서
또 시작하기만 해봐라

봄비

봄비가
하염없이
내리고 있다

가슴으로
그 맛을 본다

달콤하다

풋풋한 사랑의
옛 추억
때문인가

왕이로소이다

평생
단 하나의
진실한 사랑을 추구하려던
야망은

물거품처럼 사라지고

나는
짝사랑의 왕이로소이다

이제는
모자이크 사랑

어쩔 수 없이
조각조각 난

단편적인
사랑의 모음집으로

나는
짝사랑의 왕이로소이다.

모자이크 사랑

운명의 한 사람을
결국
만나지 못하고

그 대신

조각조각 난
사랑의 파편들을
애써 모아서

하나의 그림을 그려봅니다.

모자이크 사랑

모순

북한이 미사일을 개발하더라도
가만히 있어라
우리가 지켜 줄 테니

북한이 핵무기를 개발하더라도
가만히 있어라
우리가 지켜 줄 테니

북한이 생화학무기를 개발하더라도
가만히 있어라
우리가 지켜 줄 테니

그러나
앞으로
군비를 더욱 많이 분담하지 않으면

미국은 한국을
더 이상 도와줄 수 없을 것이다.

A급 환자

수저를 사용하여
음식을
스스로
먹을 수 있는 환자

동시에
화장실을 다니면서
대소변을
스스로
해결하는 환자

간호사와
간병인에게
환영받는 환자인 듯

환자는
환자이긴 한데
건강한 환자가 병원에서
더 대우받는 듯

스스로 생각하지 않고

스스로
생각하지 않고

오직
무조건
남 따라
행동하는 사람들

이들이
다수가 되면

아주 무섭다

나와 무슨 상관이

그대의 눈부신 아름다움을
어디에서
또 찾을 수 있을까요

그대의 한없이
맑고 깨끗한 눈동자를
어디에서 또 마주칠 수 있을까요

그대의 출중한 재능에도
감탄하지 않을 수 없습니다

어느 가을날
저녁노을이 지고
선선한 바람이 부는 날

그대의 흩날리는 머리카락 사이로
그대의 멋진 미소가

너무나 인상 깊었습니다

이 모든 것
그렇다고 한들
님이 도무지 나에게
전혀 관심을 갖지 않는다면

그대의 이 모든 장점들이
도대체
나와 무슨 상관이 있겠어요

그냥 헛것을 보았다고 생각하고
못 볼 것을 본 것처럼
빨리 발길을 돌려
총총히 그대를 멀리 떠나는 것이
더 낫겠지요

미련을 갖고 머뭇거리면
그만큼 마음에
큰 상처만 남을 테니까요

봄꽃의 향연

비 온 뒤 아침 공기가
산뜻한 느낌을 줍니다

갑자기 봄꽃들이 만개하니
내 마음도 공연히 들뜹니다

바람결에 신록이
더욱 눈부시게 빛나는 계절

다채로운 봄꽃의 향연

어느덧
봄이 성큼
다가온 듯합니다

벚꽃

못안못 호숫가에
벚꽃들이 활짝
만개하였다

하늘의
하얀 뭉개구름도
춘곤을 억제치 못하여

살짝
몰래
지상으로 내려와
벚나무에
숨었나 보다

그리운 사람

반가운
봄비가 내린다

만물에
생명력을
불어넣는 봄비와
함께

꼭
그리운 사람이
부활하여
오실 것만 같은 소망에

문을 열어 놓고
봄비 내리는
소리를
가만히 듣는다

미끼

낚시꾼을
요리조리 많이 연구한
물고기 한 마리

이제 먹이를 구하려
힘들게 돌아다니지 않아도 된다
새 방법을 발견했기 때문

미끼를 덥석 물지 않고
일부분만 잡아당기며
확 빠져버린다

같은 시간
같은 장소에
기다리고 있으니

수많은 미끼가
언제나
위에서 반드시 내려온다

강자와 약자

파리 모기 지렁이 등은
내 마음대로

마구
죽일 수 있겠지만

길 가다가 무서운 개를 만나면
함부로 그럴 수 없다

오히려
내가 서둘러 피한다

정말로 헷갈리네

비폭력주의자

인도의 간디처럼
마틴 루터 킹 목사처럼

어떤 총칼의 위협에도 불구하고
꿋꿋이 대화를 강조하며

"원수를 사랑하라"는

예수님의 사랑 정신이
역사적으로
존경을 받아왔다

모두가
이렇게
자기희생적으로 살아야 한다고
배워왔는데

막상
핵무기로 위협당할 때
계속 대화로만 접근하려는
비폭력 주장이

왜

그렇게도

비현실적이 되어버렸는지

정말로 헷갈리네

지갑

총각 시절
선 봤을 때
나를 퇴짜 놓은 여인

며칠 뒤
간접적으로 그 이유를 들었었다

지갑도 없이
돈을 아무렇게나
호주머니에서 꺼내니
경제생활이
분명
무질서할 것 같다나

그 여인
지금 어디서 어떻게 사는지

과연
얼마나
큰 부자로 사는지

자못 궁금해지네

정이 들어서

누군가
닭을 키웠으나
정이 들어서

중간에
음식물로
차마 잡아먹지 못하고

나중에
죽었을 때
고이 땅에 묻어 주었다

잘한 것인지
잘못한 것인지

모든 양계업자도
역시
착한 그를 본받아
똑같은 행동을 해도

과연 괜찮을까

나이테

나무의
나이테를 보면

오랜 세월 동안 만들어진
숨은 속성을
짐작할 수 있다

사람에게도
무형의 나이테가 있다

오랜 세월 동안 형성된
숨은 인간성
성격을
짐작할 수 있다.

돈

돈이 없으면서도
돈을 무시하면
철들지 못한 사람

부자이면서도
돈을 추구하면
현명치 못한 사람

결코 숨길 수 없다

가난은
결코 숨길 수 없다

외로움도
결코 숨길 수 없다

예술

당신이
너무
아름답군요

오늘
당신 자신이
바로
예술작품입니다

여기
커피숍이
당신을 앉힌
갤러리이고요

연양갱

내가 어릴 적에

연양갱은
울 때에 달래거나
칭찬할 때

선친께서 자주 사용하시던
당근과도 같은 것

옛 시절이
절로 생각나서

지금
나이가 들어서도
종종
연양갱을 찾게 된다

시와 사진

시를 쓰는 것은
사진을 찍는 일과
흡사하다

세상을 살면서
의미 있는
사회와 배경
생각이나 깨달음
지식
정서나 추억
의지 등을
놓치지 않고

순간적으로 포착하여
간략하게
그려내는 것이니까

육체 나이

최선을 다하는
마라톤 완주기록으로
육체 나이를 대략 측정할 수 있다

2시간대는 20대
3시간대는 30대
4시간대는 40대
5시간대는 50대
6시간대는 60대

각 구간에서
6분을 더할 때마다 한 살씩 추가

주민등록상 나이와
육체적 나이는 서로 다르다

마라톤에
매진하는 자여

시계바늘을 거꾸로 돌려라

생각의 상호관계

제자가 스승을
스승으로 생각하고
스승도 제자를
제자로 생각하면

이러한
생각의 상호관계로
말미암아
서로
진정한
사제관계가 된다.

아들이 아버지를
아버지로 생각하고
아버지도 아들을
아들로 생각하면

이러한
생각의 상호관계로
말미암아
서로
진정한
부자관계가 된다.

봄바람

부드러운
봄바람이
불어오고 있다

어둠 속 별들도
반짝반짝
정겨워하고 있는 듯

내 마음속
아득한 추억들도
하나하나
되살아나고 있다

정리해야 할 시간

내 또래의 사람들이
하나하나 또 쓰러져 간다
그렇게 될 줄을
당사자들 모두가 예측이나 했을까

나도 이들처럼
어느 날 갑자기
죽음을 만날지 모른다
나도 역시
오래 산다는 보장은 없다

내가 하고 싶은 것
내가 좋아하는 것만을 선택하여
지낸다 해도
남은 시간이 너무나 짧다

이제는
일을 더 이상 벌이지 말자
잡다한 모든 것들을
단순하게
정리해야 할 시간이다.

죽음이 더욱더
가벼워질 수 있도록

음악 모으기

평소에
듣기 좋은 음악
잘 모아 두어야지

내가
갑작스럽게 죽지 않고

혹시
오랫동안
요양병원의 신세를 져야만
한다면

음악은
그야말로
나의 진정한 반려자

세월의
지루함도
외로움도
극복하게 되고

나의 삶의 질도
높여주겠지

하루 종일
멍하니
천장만 바라보고
있지 않아도 되겠지

불평등

돈의 불평등은
세상의 불평등의 단지 일부일 뿐

젊음과 늙음의 불평등
병마와 건강의 불평등
성별, 인종별, 국적별, 종교별 불평등
외모 수준의 불평등
교육과 지식의 불평등
능력의 불평등
직장과 지위의 불평등

그리고
기회의 불평등
이성관계의 불평등
자식 유무의 불평등
명예의 불평등
행운이나 불행한 사건들의 불평등
용기의 불평등
죽음의 시기의 불평등
인간성 됨됨이의 불평등
그래서 영혼구원의 불평등
등등

불평등 문제에
돈만 따지는 것은
너무나 좁은 단견일 것이다

불평등은
종합적으로 생각해야

영향력만큼

영향력만큼 인간이 생존한다
영향력이 전혀 없으면 죽음이다
사형당하는 사람들은
이것을 막을 견제영향력이 없기 때문

영향력만큼 자유롭게 된다.
상대적 영향력이 적으면 종속된다
또는 노예가 된다.
또는 구타당하거나 학대를 당한다
여기에서 벗어날 견제영향력이 없기 때문

인간관계는 영향력 관계이다
남녀관계도 영향력 관계이다
매력도 영향력이다

각종 경쟁력도 모두 영향력이다
물권 채권도 영향력이다

재량권도 영향력이며
일할 수 있는 능력이 된다

리더십의 본질은 영향력이다
권력의 본질도 영향력이다
영향력이 크면 지배자가 된다
조직은 영향력의 체계적인 틀
법과 돈은 영향력의 결과적 표현

정리

쓰레기를
버리지 않으면
정리가 되지 않는다

정리하지 않으면

내가 죽었을 때
나 대신
누군가가 버려야 한다

다른 사람들이
그만큼 고생한다

미투(Metoo)

자라 보고 놀란 가슴
솥뚜껑 보고 놀란다

여자에게 접근하다
오지게
당한 저 남자

이제는
여자만 보면
귀신보다 더 무서워하겠지

여자 쪽이 먼저
사랑한다고 해도
마찬가지일걸

뉴스

거짓말이야
거짓말이야
뉴스는
온통 거짓말이야

이것도 거짓말
저것도 거짓말

왜곡보도
과장보도
추측보도
유어비어
부화뇌동
이해관계자 편향보도
돈을 노리는 뉴스생산업체들
적국의 역정보
음모와 술수를 위한 뉴스
등등

아마도
뉴스 중
진실은
일 퍼센트도 안 될 것이다

진실은
마치 쓰레기 더미에서
진주를 찾는 격

성동격서의 숨은 뜻을 찾아내듯
안광이 지배를 철하듯
노련한 수사관이
수많은 단서를 수집하여
구조적으로
짜맞추기 하듯

그래도
뉴스의 방대한
쓰레기 더미라도 뒤지지 않으면

극히 작은
진실조차도 알 수가 없다

시국

우리의
가족과 후손들이

어떤 체제
어떤 상황에서
살게 될 것인가

지금
우리의 시국이
그 선택을 두고
매우 엄중하게
돌아가고 있으니

백척간두에
놓인 나라를 생각하니

정신이
번쩍 들어서

아름다운 자연환경을 보아도
감흥이 적고

낭만적인
연애의 감정이
저절로
점점 수그러지고

남녀 간 문제도
당분간
화두에서
뒤로 밀림은

당연한 일

추억

추억은
이미
지나가 버린 것
허망한 것
우리는 다가올 미래만을
바라봐야 한다

이것은
주로
의기양양한
젊은이들의 이야기

추억을
그렇게
너무 폄하하지 마라

힘없는 노년이 되면
추억은
아주 소중한 개인적 자산

추억만큼
행복해지고
추억만큼
불행해지는 법

추억과 더불어
흘러간 노래들로
우리 노인들은
자주
웃고 울고 하는걸

적응

우리가
이 세상 현재의
문화
풍습
제도
등에

전혀
문제없이
편안하게
잘 적응하며
살아간다는 것은

이것을
만들기 위하여
지금까지

자기를
희생시켰던 사람들의
선한 행위든

타인을
희생시켰던 사람들의
악한 행위든

모두
이와 동조하고
추인한다는 뜻

변신

만약에
내가 만나고 있는
눈앞의
어느 여인이

진한 그리움에
사무친
바로
추억 속의 그녀로
변신한다면

나의
간절한 기도가
세월을 초월하여서
그렇게
현실로
나타나게 한 것

비록
그 사랑이
순간의 진실일지라도

친구

아무하고나
친하려고 애쓰는 것은
참 보기 딱하다

인생은 짧고
한계가 있으니
친구도 가려서 사귀야 한다

빈부의 구별도 아니다
권세의 구별도 아니다
지위의 구별도 아니다
종교의 구별도 아니다
남녀의 구별도 아니다
나이의 구별도 아니다
인종의 구별도 아니다
국적의 구별도 아니다
직업의 구별도 아니다
학력의 구별도 아니다

다만
인간성 기준에 의한
구별은 맞다

개

풀어놓은
한 마리
개가

교통신호를 무시하고
빨간불일 때에도
제멋대로
도로 위를 건너고 있다.

건널목이 아닌 곳도
마음대로
이리저리 다니고 있다

완전 무법자처럼
"법이여 엿 먹어라"
하는 듯이

교통법규는
인간들의 법이지
개들의 법은
아니기 때문에

어느 날
개가
차에 치여 죽었다

아무도 처벌되지 않았고
그 개를
동정하지도 않았다
당연하다는 듯이

인간들 모두가

구름

구름은
하늘의 얼굴

사계절마다
구름의 모양이
다른가 보다

지금은
하늘이 미소짓는가

구름이
봄바람 타고
가볍게

꿈처럼 흐르네

새 깃털과도 같이
부드럽기
그지없구나

총기 소지

미국의
흑인 노예 해방은
총기 소지와 관련된다

또한
여성해방도
총기 소지와 관련된다

개개인의
총기 소지는
국민 저항권을 신장하여

국가조직의
무력독점 및
권력집중을 막고

독재를
방지하는 효과가 있다
즉, 민주화에 기여한다

비록
총기 소지가
무정부 상태나
개인 간 총기사고를
빈번케 하는
역효과가 있다고 하더라도

지금
총기소지 합법적 국가는
아이로니컬하게도
가장 민주화된
선진국들이다

미국, 영국, 캐나다,
독일, 프랑스,
호주, 뉴질랜드 등

탈북

정든
고향산천을
떠나고 싶다

앞으로
적들이 너무 많아서
이제
내가 설 땅이 없을 것 같다

오직
자유를 찾아
남쪽으로
멀리멀리 떠나고 싶지만

어찌
병약한 어머니를 남겨두고
떠날 수 있으랴

어머니께서는
모두 이해하니
자신을
전혀
개의치 말라고 하셨지만

결코
홀로 떠날 수 없다

그래
그래야만 한다
그래
그래야만 한다

잃어버린 시간을 찾아서

죽을 때가 다가오면
만나보고 싶은 사람들이 떠오르나 보다

아득한 그 옛날로 되돌아가
잃어버린 시간을 찾아서

그때 그 사람들을
다시 한 번 만나보고 싶다

비 온 후 화창한 날
교회 앞뜰에서 물끄러미 나를 바라보던
교복 입은
경북여고 여학생

기차에서 자리가 없어
서울에서 대구까지 열차통로에
내내 마주 서서
이야기를 나누었던
대구전매청 아가씨

대학축제 때 자기 대신
여동생을 소개해 주겠다던
북아현동의 어느 연상의 여인

불어를 배우러 저녁시간 학원에 다닐 때
어느 날 계단을 내려오다
발을 헛디뎌 넘어질 때
나를 붙들어 주신
그렇게도 아름답던 여선생님

비록 잠깐만 스쳤던 사람들이지만
벌써 수십 년이 지났는데도

이상도 하다

그때의 모습들이 아직도 생생하게 기억나고
이렇게 뜬금없이 자꾸만 눈에
아른거린다

정말 과거로 되돌아가서
허심탄회한 마음으로
잠시라고 할지라도
다시 한 번 만나보고 싶다

진짜로
죽을 때가 가까워져서 그런가

자살

원 세상에
참 별난 일도 다 있다

아주
잘 사는 나라가
자살하려고 한다

스스로
불행해지려고
아니

망하려고
마냥 안달이 났다

경제대국
군사강국
민주국가
언론 및 개인 자유의 높은 수준
선진국 진입
매우 빠른 발전의 속도
등등

전 세계가
부러워하는 나라가

개인이
자살하는 것은 봤어도
이런 나라가 자살하는 것은
인류역사상 처음 본다

후진국에 비하여
그렇게 포시랍게
살았던 대부분 백성들
그간 자유와 행복에 너무 겨워서
이제 미쳐 가는가 보다

부귀영화를 누리던 자식들이
인생의 허무를 느껴서
자살하는 것처럼

부활 사양

죽은 뒤

하나님께서
그 착한 사람에게
특별히
부활의 은혜를
내려주려고 하셨다

사망자는
완곡히 사양했다
그냥 이대로
무덤에 남아 있도록
해주십사 라고
빌었다

자유가 없는
무시무시한
세상에는
절대로
다시 태어나고 싶지
않다고 했다

험악하니

세월이
험악하니

시도
노래도
대화도
사람들의 표정도

점차
암울해지는 것
같구나

원양어선 선원

원양어선에서
어느 선원이 비틀거리며
하선하고 있다

비가 온 직후
태양이 눈부시게 빛나고
부두에는
빗물이 고인 곳과
마른 곳이 있다

물론 본능적으로
옷 젖는 곳은 피한다

뒤돌아보며
원양어선에게
마지막으로 안녕을 고한다
가난 때문에
이십 대 초에 승선하여
23년간 생활했던 곳이다

한번 출항하면
1년이나 2년 만에
잠시 귀향할 뿐이다
그러나 이제는 끝이다

다시는
원양어선으로
되돌아가지 않으리
더 이상
폭풍과 싸우지도 않으리
그토록 그리워하던
육지생활이
눈앞에 놓여 있다

벌써
선배로부터
청소업체에서
일할 수 있도록
이미 이야기가 잘 되어 있다

희망에 들떠
발걸음이 가볍다

빨리 선물꾸러미를 사 들고
마누라와
아이들을 만나러 가야지

우매한지고

한 번만 속지
두 번은 속지 않는다

두 번은 속지
세 번은 속지 않는다

세 번은 속지
네 번은 속지 않는다

너무나 쉽게
자꾸만 계속 속으니
정말 우매한지고

이러하니
가면 뒤에 숨은
악마들이
더욱 기고만장하여

이제는
속이는 것이
아주
당연한 일인 것처럼

뻔뻔하구나

오늘

인생은
안갯속
한 치 앞도 보이지 않는다

오늘은
바로
내가 죽는 날일지도 모른다

이렇게 엉뚱한 일을
벌리고 있을 때가 아니다
우선순위가 있다

용서받을 것 받고
화해할 것 하고
은혜도 최대한 갚고
정리할 것 빨리 정리해야지

해병대

해병대 나왔다고

사나이 중의
사나이라고
폼만 잡으면 무엇하나

해수욕장 개장이나
마라톤 대회 때
교통정리만 할 것 아니라

우리나라의 안보를
위태롭게 하는

수많은
불순 세력들을

존경하는
해병대님들이
이때
앞장서서 막아줘야지

감

높은 곳에
감이 달려 있다

사다리로도 안 되고
긴 장대로도 못 딴다

한가지
근본적 해결책

감이 달린
가지를
아랫 쪽에서
아예 베어버린다

참지 못하고

자기 성질을
끝내 참지를 못하고

결국 속내를
드러내 보인 사람들

수많은 적들이

이리 떼처럼
달려들어
그들을 물어뜯었다

진실할 때

혼자 있을 때
다른 사람을
전혀 인식하지 않을 때

나는
진실할 수 있다

다른 사람들이
나를 어떻게 생각할까
나에게 어떻게 대할까

이때부터
나의 진실은
흔들리기 시작한다

비록
외로움은
괴로움이겠지만

그 대신
보다 더
진실한 글을 쓸 수 있겠지

생명이 바람 되어

우주의 에너지가
뭉쳐져서
우리 몸의 구조가 되고

생명은
최고의 에너지의
결집상태

더 나아가
여기에
영혼과 의식이 깃든다

그러나
더 많은 에너지가
우주로 빠져나가면서

엔트로피 현상이
시작되는 날

우리의 숨결은
다시 멈추고
죽음이 찾아오고

우리의 몸 구조는
해체되기 시작한다

머리끝에서 발끝까지
마치
모래탑이 부서지듯

소립자 먼지가 되어
저 먼 우주로 흩어진다

생명이 바람 되어

영혼과 함께
저 우주의 품으로
신에게로
날아간다

구원의 은혜
결국
하나의 생명으로 만난다

다리

강폭을 잇는
다리 위로
많은

차량
자전거
사람들이
분주히 건너고 있다

강에는
원래
다리가 없었고

다리는
분명
인간이 만든 것

자연으로 돌아가라

얼마나
멋진 말인가
늘
그렇게 생각해왔었지

다리를 없애면

저 강은
자연의 경관을 되찾아
더욱 아름다울 것

자연으로 돌아가라
그리고
다리를 없애라

내가 이렇게
일인시위를 한다면

얼마나
나와 동조를 할까

자연이란
언제나
쉬운 문제가 아니다

내 곁에

내가 지금
웃고 있지만
웃는 것이 아닙니다

나의 미소만을 바라보고
행복을 점치는
사람들은

아직
나를 잘 모르는
바람처럼 스쳐 가는
남남이겠지요

깊은
외로움에
가슴속으로
울고 있는
내 영혼을 발견하고는

내 곁에
조용히 머무는 사람들이

바로
내 소중한 친구요
내 연인입니다

생각 변화

자기 돈은
따로
저축해 놓고

남의 돈으로만
봉사하는 행위는

사회주의 정치와
비슷한
경향일 뿐으로서

나이가 들면서
점차

그렇게 대단하지
않게
생각되었다

의족

마음속
깊은 곳 귀퉁이에
아직 희미하게 남아있는
젊은 날의 기억이다

어느 날
소개받은
아가씨를 만난 적이 있다

아름답고
착하게 보이고
대화하는 과정에서
꽤 호감이 갔다

서너 번째
데이트를 하던 중
경복궁 옆
비원의
언덕 산책길로 들어섰다

갑자기
그녀가 절뚝거리며
영 따라오지 못했다

나중에
알고 보니
한쪽 다리에
의족을 하고 있었다

커피숍에
다시
마주 앉았을 때
그녀는
고개를 푹 숙이고
아무 말이 없었다

그녀는
눈물을 흘리고 있었다

둘 사이가
깨어지는 운명임을
그녀는 직감했던 것이다

그녀가 옳았다

이 상대도
역시
이루어질 수 없는 인연이
잔인한
파트너였던 것이다

천국에 가는 것도

죽어서
천국에 가는 것도
결코
쉽지 않겠지만

설사
간다고 하더라도

그곳에
컴퓨터로
인터넷이 가능할까

스마트 폰이
있을까

기아차 모하비를
탈 수 있을까

음악을
맘껏 들을 수 있을까

왠지
모든 것이
완전
불가능할 것만 같아

혹시
천국에 가게 되더라도
걱정이 된다

두 마리 토끼

동시에
두 마리 토끼를
잡는 것은
기적과도 같이

거의
불가능하다

죽도록
최선을 다해도
겨우 한 마리를
잡을까 말까

두 마리.
토끼를 다 잡을 수 있다고
큰소리치는 사람은

진짜 자기 분수를
모르는 것

엔지니어의 길과
최고경영자의 길은
마치
두 마리 토끼와 같을 것이다

함박눈

함박눈이
내린다

나뭇가지에
눈꽃이 피었다

함박눈이
내린다

겨울바람에
흰나비들이 춤춘다

권력과 사랑

권력을
추구하는 길은

자신이
높아져서
다른 사람을 지배하는
세속의 논리

반면에
사랑을
추구하는 길은

자신이
낮아져서
다른 사람을 섬기는
천국의 논리

우리는
자주
이 두 논리를 혼동하여

사랑의 이름으로
권력을 지향하는
경우들을
오판한다

단어의 숭배

신이라는
단어만을 숭배하면
역시 우상이 된다

신이라는
말이 표현하는
배경의
실재를 탐구하는 것을
더 이상
멈추게 하고

맹목적이 되고 만다

결국
맹신 때문에
개성을 잃고
자유를 잃고
인간존중의 정신을
잃게 된다

언제든지
종교세력에 스스로
노예가 된다

실재가 아닌
지독한 환상에서
도저히
벗어나지 못한다

음악 속의 독서

음악이
흐르는 환경에서

시간에 쫓기지 않는
독서를
하고 있으면

자신이
공부를 하는지
꿈속을 헤매는지
모르게 되고

전혀
지루하지도 않고

행복이
가슴에
가득해지는 듯

네비

하늘에
전파가 흐른다

빛의 속도로

이로써
소리와
영상이
어느 곳에나 전달된다

전파가
인공위성으로 갔다가
반사되어
돌아오는
미세한 시간 차이를
순간적으로
계산한다

빛은
물체의 속도에 따라서
관점에 따라서
얼마든지
걸리는
시간이 달라질 수 있다고

아인슈타인 천재가
상대성이론에서
밝혔다

나의 차의 속도
지구의 운행 속도
인공위성의 속도 등을
컴퓨터로
계산하면
빛이 도달하는
시간이 각각 달라지니

나의 차가
지금 어디에 있으며
어디를 가고 있는지
어디로 가야 하는지
언제 도착할런지
네비를 통하여
알게 해 준다

인간들은
정말
대단한 존재다

인간인
나도
다른 인간들의
발명에 대하여
감탄을
금할 수 없구나

하물며
동물들은
인간이
이 정도까지인 줄은
감히
짐작이나 할까 보냐

그냥
눈코귀입 등이
자기들과
비슷하게 붙어있는
힘센 존재로만
생각할 것이다

호모사피엔스

배신
거짓
이기심
잔인성

호모사피엔스
종족의 특성

예외는
매우 드물다

만약
예외가 있다면
신으로부터
구원받은 자들

장남

갑자기
6·25전쟁이 터졌다

서울에서 살던
남매 동생들과
그 가족들은
모두 부산으로 피난을 떠났다

병들어서
꼼작도 하실 수 없는
어머니를 모시던
장남은
홀로
그 곁에 끝까지 남았다

나중에
서울 수복 후에
돌아와 보니

그동안
어머니는 병환으로 돌아가시고
장남은
적에게 잡혀
총살당했다는
사실을 알게 되었다

집시

차에
책
옷
코펠, 버너
라면
컴퓨터
슬리핑 백을
싣고
장기간 여행을 한다

집시가 된 기분

인생은 원래
방랑자

여행은
인생의 축소판

힘이 있는 만큼

힘이 있는 만큼
생존하고
발전하고
자유롭고
독립한다

힘이 있는 만큼
일할 수 있고
소유할 수 있고
부자가 되고
남을 움직일 수 있고
리더십 발휘하고
권력을 행사한다
지배자가 되기도 한다

힘이 없는 만큼
종속되고
지배당하고
온갖 것을 빼앗기고
가난하고
무능하고
자유를 잃고
외롭고
노예가 되고
감옥에 가고
때로는 맞아 죽는다

그러나
사랑은 스스로
남을 위하여
자신의 힘을
포기하는 것이다

우주

인간은
우주의 씨앗
우주의 유전인자
인간은
우주의 축소판

인간을 아는 만큼
우주를 알고

우주를 아는 만큼
신을 알고

신을 아는 만큼
다시
인간을 알게 될 것

예측 가능

상호
불확실성이
사라지는 만큼

예측 가능하여
신뢰관계가 형성된다

불확실성이
심한
대상임에도 불구하고
신뢰한다는 것은

상호모순적이다

이해가
안 되는 일

호랑이

여우를 피하려다가
호랑이를 만난다

국정농단을 피하려다가
체제 위기를 만나는구나

적합성

십 리 길을
팔로
걸어갈 수 없다

음악을
눈으로
들을 수 없다

미술작품을
귀로 볼 수 없다

정신적
참사랑을
육체로 알 수 없다

내 탓이다

포근한 봄날의 오후
눈부시게
아름다운 사랑을 하는
연인들
부러움의 대상이 아닐 수 없다.

사실상
겉만 번지르르한
장관이나 재벌총수 보다
더 부럽다

도대체
나의 일생에는
왜
그런 멋진 사랑이 안될까

여자들의 눈이
잘못된 것일까

아니다
아니다
바로 내 탓이다

이기심으로
가득 차고
희생정신이 매우 빈약한
나의 정체를

여자들
모두
일찍이 귀신같이
눈치를 챘기 때문이겠지

또 다른 생각

정말 기분 나쁘네

남자들은 도대체
왜
나에게는
눈길 한 번도 주지 않고
자꾸만
오직 저 여자에게만
모두 몰려가서
집적거리나

나는
남자 그림자 하나
스쳐 지나가지 않아서
맨날
외로워 죽겠네

날이 갈수록
성희롱 성추행 성폭력
성매매 등
성범죄의 법이
나의 뜻과는
관련 없이
점점 강화되니

남자들이
아예
나 같은 여자에게는
전혀
모험을 걸
생각조차도 안 하네

나처럼
못생겼지만
넓은 마음의 여자에게로
다가온다면
절대 미투없이
아주 잘 대해 줄 텐데

남자들이
그렇게 까다롭고
콧대가 하늘같이 높은
잘난 여자들만 찾으니
패가망신 당해도
당연히
싸고 싸다

신기한 일

그렇게도
거칠고 무질서하게
노사분규 하던
근로자들이

'모하비'같이
마음에 쏙 드는
멋진 차를 만들어 내다니

참으로
신기한 일이다

난세

평시에는
탐욕스럽고
비리를 저지른 사람들이
많이 나타났지만

난세에는
용감하고
존경할만한 사람들이
무수히 발견된다.

내 삶이
바로
이 같은 영웅들에게
늘 빚지고 있구나

투사

끝까지
싸운다

이길 때까지
아니면
죽을 때까지

그래도
투사에게는

노예와는 달리

언제나
자유의 희망이
있기에

세포

사람의 몸이
약 60조의 세포로
모여 있다나

왜
뿔뿔이 흩어져 있지 않고
몸 한 덩어리를 이루나

아마도 그것이
세포들에게
제일
이로운 길이기 때문에

이를테면
혓바닥의 한 세포는
단지
단맛 쓴맛을
가려 주는
역할만 하고 나면

안전과
먹는 문제는
전혀
걱정을 늘
안 해도 될 테니까

때가 되면

겨울이 왔다
그리고
갔다

봄이 왔다
때가 되면
역시
갈려고 하겠지

님이 왔다
그리고
갔다

또 다른 님이 왔다
때가 되면
역시
갈려고 하겠지

다만 침묵할 뿐

어제도 사랑하고
지금도 사랑하고
매일 매일
사랑하고 있다

내 마음대로
상상은
나래를 펼치고
훨훨 날아가고 있다

이것은 사상의 자유
온 곳에
온 사랑이 있다

나의 가슴도
결코
늘
비어있는 것은 아니다

다만
침묵할 뿐
그리고 그냥
내색 않고 지나갈 뿐이다

마이너스 인생

평생동안

내가 받은 사랑이
내가 베푼 사랑보다
훨씬 더
크구나

절대
언제
어디서나
잘난 체하지 말지어다

나는
결국
마이너스 인생일 뿐

전체로 보면
나는
이 세상에
전혀 도움이 안 된
존재일 뿐

지금
나의 자유도
다른 사람들의 희생에
빚지고 있다

감당할 수 있는 만큼

명예가 크면 클수록
좋을까요

감당할 수 있는 만큼

지위가 높으면 높을수록
좋을까요

감당할 수 있는 만큼

친구가 많으면 많을수록
좋을까요

감당할 수 있는 만큼

동창회

이제부터
더 잘 모이자
다들 알았제

우리나라 사람
평균수명이
남자가 79세
여자가 86세라지

우리가
일 년에 한 번씩 만나니

앞으로
13번만 더 만나면
이 중에 약 반이
저세상으로 가서
안 보일 거다

이제부터
더 잘 모이자
다들 알았제

신뢰

불확실한 것은
어디까지나
불확실한 것

신뢰는 확실성을
추구하는 방향이다

상대의 언행의
예측이 어렵거나
그의 존재를
잘 모르는데도
서로의
신뢰가 가능할까

이것은
전혀
이치에
맞지 않는 것 같다

불확실성은
싸움을
유리하게 하려는 곳에
이점利點이 있을 뿐

텔레비전

매일
하루종일
어린 손자를 돌보면서
테레비를 보고 계신다

뉴스와
연예인과
드라마
스포츠 등
모든 것을
통달하시고 있다

누군가가
테레비를
많이 보면
바보가 된다고
고모님께 충고했다

쓸데없는 소리

테레비가 없으면
심심해서
나 보고
도대체 우에 살라고

싸가지

어느 병실에서
심야에
갑자기
울음소리가 들리고
소란해지기 시작했다

다른 병실에 있던
어느 환자의 보호자가
잠을 잘 수 없으니
좀 조용히
해 달라고 고함친다

저런 싸가지

유족들이
이때
그놈을 끌어내어
두들겨 패도
과연
죄가 될런지 모르겠다

바람소리

왜
그렇게
빠르게 움직여야 하나

왜
그렇게
우는 소리를 내며 가는가

기온 차이를
제대로
조정 못 하면

하나님으로부터
야단맞을까 봐

그렇게
화급히
야단법석을
떠는가보다

꿈속에서는

일출을 보고 있다

마침내
수평선 위로
해가 떠오른다

그런데
한 시간 뒤
해가

바닷속으로
도로 들어간다

다시
해가 떠오른다
다시
바닷속으로 들어간다

이것이
반복되고 있다

비과학적인 이야기
놀랄 일 없다

원래
꿈속에서는
얼마든지
가능한 일이다

연인도 생기고
귀신도 만나고
신도 만날 수 있다

폐교

시골에서
두 개의
중·고등학교가
하나로 합쳐졌다

그리고 또
한 학년에
10반이
점점 줄어들어서
이제
2반으로 되었다

혹시
몇 년 이내에
이 학교도 역시
폐교가 되어서

파충류전시관이나
들꽃학습원으로
바뀌는 것은
아닐지

Q여자

만약에

나이가
아주 많고
홀로 사는
굉장한 부자와
결혼한 후

매우 가난하지만
젊고 잘 생긴
연하의 청년과
남몰래
사랑을 한다면

이 여자는
과연
지혜로운 사람일까

아닐까

의심

수염도
머리도
잘 깎지 않고

옷이
헤어지거나
때가 묻어도
거의 무관심하고

평소에
차를 씻지 않고
내부는 쓰레기통처럼
어지럽다

이 점에 대하여
부인은
늘
남편을 나무랐다

어느 날부터
남편은
갑자기
부인의 요구대로

수염과
머리를
단정하게 깍고

옷을
깨끗하게 입고
대부분 새 옷으로 바꾸고

차의
안과 밖을
매우 열심히 청소했다

그런데
부인은
기분이 좋아지기는
커녕

남편이
혹시
다른 여자를
사귀는 것이 아닌지
의심하기 시작했다

불안

밤 자정시간을
넘어서야
늘 규칙적으로
귀가하는 남편에게
부인의 잔소리가
아주 심하다

제발 밤늦게까지
돌아다니지 말고
다른 집 아저씨들처럼
일찍 귀가해서
가족들과 함께
시간을
보낼 수 없느냐는 것이다

어느 날부터
갑자기
남편이
부인의 요구대로
매일
일찍 귀가하여
조용히
가족들과
저녁식사를 같이 하고
테레비도
함께 본다

그런데
부인의 마음이 편하기는
커녕

혹시
남편이
어디 아픈 것은 아닌지
실직을 감추는 것은 아닌지
혹은
삶의 의욕마저
완전히 잃어버린 것은
아닌지

불안하기 시작했다

중심

중심을
잃은 배는
조그만 파도에도
뒤집혀진다

중심을
잡고 있는 배는
어지간한 큰 파도에도
끄떡없다

그렇다
이제부터
마음의 중심을
잡도록 해야겠다

남녀 품앗이

남자가
외롭다고
하소연했을 때
그 여자는
그 남자를 만나 주었다

먼 훗날
그 여자의
어려운 처지를
알았을 때
그 남자는
그 여자를 도와주었다

검도 고수

진정한
검도 고수의
가르침

나는
진리를
다 알지 못하네

나를
맹목적으로
따라만 하지 말고

스스로도
올바른 길을
찾아보세요

잡초

내 이름은
나도 몰라요
아마도 거의 다 모를걸요
식물학자들만 알지요
그러니까
필요없지만
억지로 지어준 이름이죠

나의 꽃은
피어도
아름답지 않은가 봐요
아무도 관심을 갖지 않군요

지금까지
아무런 남의 도움을 받지 않고서도
혼자서 씩씩하게
이렇게
무성하게 잘 자랐죠
병균들도 나를 피해갈 지경입니다.
나 같은 경우와 비슷한 사람을
잡초 같은 인생이라고도 부르죠

그럼
오래오래 사느냐고요
그렇지도 않아요
보기보다 짧게 살아요
어제 겨울이 오고
찬바람이 불면
곧 사라질 겁니다

그러면
왜 사느냐고요
너무나
허무하지 않느냐고요
억울하지 않느냐고요
불행하지 않느냐고요

아뇨
이것이면 충분해요
나는 행복한걸요
그리고
이것은
그냥
나의 운명인걸요

나무의 자살

작년까지
무성하게 잘 자라던
벚나무가

올해는
이상하게
죽어버렸네

옆에
약 열 그루의
나무들은
모두
건재한데
혼자만 죽어버렸다

도대체
뭐가 잘못된 것일까

인간들은
도저히 모르는
무슨 사연이 있는 것일까
혹시
실연이라도 했나

나무도
가끔
자살하는가 보다

안락사

과수원에
늙은 농부가 일하고 있다

힘이 없어
오랫동안
풀을 베지 못하여
나무 밑이
매우 무성하다

작업을 하느라고
풀숲을
이리저리 다니다가

그만
독사에게 물렸다

노인은 쓰러져
곧
절명하면서 중얼거린다

외롭고
구차한
나의 이 한목숨
이렇게도
쉽게
혼자서
끝낼 수 있다니

독사야
정말
고마우이

광고

시골의
국도 도로변

'물곰국동태전문'

이 광고 간판을
내거는 것이 합법적일까

광고비용은 얼마나 들까

더 좋은 광고 문안은
없을까

과연 광고의 효과가
있을까

이것은
단순한
광고 하나이지만

어쩌면
여기에
가족생계가 달린
문제일지도 모른다

식당 주인의
고뇌도
함께 읽혀진다

불만족

생일선물로
여자 친구에게

립스틱을 사 주었다

내 입술이 그렇게
보기 싫었었어?

다음은
눈가의 주름을 없애주는
화장품을 사 주었다

내 눈가에 그렇게
잔주름이 많아 보였었어?

또 다음은
피부를 촉촉이 젖게 하는
화장품을 사 주었다

내 피부가 그렇게
거칠게 보였었어?

그래서
그다음은
현금으로 주었다

그렇게도 성의가 없니?

개구리 울음소리

초여름
석양에
어스름이 질 때

개구리 울음소리가
매우
요란하다

우리 동네가
아직
청정지역임을
증언하는 것 같구나

전 세계에는
개구리의 수가
오염으로
급감한다고 하던데

아직도
개구리 울음소리
들리는

이곳의
산들바람이
더욱
신선하게만 느껴진다

인생관 차이

인생은
원래

슬픔이요
고통이요
절망이요
희생하는 것이다

반면에
인생은
원래

기쁨이요
즐거움이요
희망이요
게임과 같다

비닐하우스

농촌의
어느 밭 주인은
비닐하우스를
몽땅
힘들게 뜯어내고 있다

아마도
예상한 대로의
타산 수지가
도무지 맞지 않아
실망한 마음 때문이겠지

동시에
다른 밭 주인은
크게 투자하여
비닐하우스를
새롭게 만들고 있다

야무진 계획하에
높은 수입의
장미빛
희망에
들뜬 마음 때문이겠지

사랑과 섹스

진선미를 추구하는
넓고도 깊은
진실한 사랑의 세계는
섹스와 무관

정신적인 사랑을
육체적인 섹스와
자꾸만
애써
결합시킬 필요가 없다

사랑은 사랑이고
섹스는 섹스일 뿐
원래
서로 별개이다

섹스 없이도
위대한 사랑이
얼마든지 전개될 수 있기 때문에

밥 먹고
물 마시고
잠자고
배설하고
놀고
노래하고
일하는 것을
사랑이라 말하지 않는 것과
마찬가지로

섹스 행위도
같은 차원에서
똑같이
사랑이라 말할 수 없을 것

진정한 사랑은
근본적으로
인간관계의 문제이지
남녀관계의 문제는
아닐 것

낮과 밤

대낮같이
밝은 낮에는
가까운 곳은 잘 보이나
저 먼 하늘은
잘 보이지 않는다

칠흑같이 어두운
밤에는
가까운 곳은
전혀 보이지 않으나
저 먼 하늘의
무수히 아름다운 별들까지
잘 볼 수 있다

행복할 때는
시야가 짧지만
불행할 때는
인생 전체를 생각케 한다

기쁨

마침내

마음과
마음이
서로 통하여

믿음이
되니

이 보다
더 큰
기쁨이 있을까

삶의
보람이로고

침묵

아무 말도
하지 않으니
제 자리라고 생각하면
큰
오산이다

침묵은
의사결정의 결과이며
대화의
또 한 가지 다른 방법이다

상대방은
침묵을 만나면
다각도로
많은
해석을 하게 된다

침묵 자체가
대체로
많은 의미를
포함하고 있다

우리는
늘
침묵으로도
말하고 있는 것이다

죄악

순진무구한
오천만 국민들의
생명
재산
자유를

잔학무도한 적에게
송두리째
갖다 바치려는
그 죄악은

가히
얼마나
크다고 할 것인가

토라진 농민

공판장에 출하했더니
과일값이
너무 낮아
실비도 건질 수 없었다

토라진 농민은
불매를 통고하고
그대로
모두 도로 싣고 와
자기 밭에 버렸다

흥
내 돈 없으면
죽하고 나물하고만
먹고 살면 되지

그 뒤로
오랫동안
집안에 틀어박혀
두문불출

과일을
전혀 따지 않고
그대로 썩을 때까지
계속
내버려 두었다

하마터면

우연히
또 만났군요
그간 잘 지내셨어요

지난번
나와의 만남을
거절하신 것
참 다행입니다

하마터면
그때
공연히
인연도 없는

그대에게
사랑을 고백할 뻔
했으니까요

사랑의 능력

진실한 사랑은
자기의
희생정신만큼

이것은
사랑의 자격

근본적인 해결 없이
상대만 바꾼다고
달라질 일
전혀
없다

사랑은
아무에게나
찾아오는 것이 아닌 듯

사랑의 능력은
바로
자기 자신의 문제

천사

어쩌면
그렇게도
마음이 아름다우신지

요양병원에서
성실하게 근무하시는
젊은 간호사님

나의 어머니께서
음식을 드시다가
기도가 막혀
의식을 잃었을 때

그렇게도
재빠르게 대처하여
위기에서
구해주셨던
그분

정말
감사합니다.
이후
볼 때마다
천사와 같은 이미지

비록
앞으로
서로
인연을 맺는 일은
전혀 없겠지만

그래도
그냥
가슴속 깊이
그대를 담아둡니다

약한 마음

너무 힘들고
수지도 맞지 않아
과수원을 이제 팔아버려야겠다고

몇 번이고
부동산중개사 앞을
왔다 갔다 했다

그런데
만약 저 과수원이
딴 사람에게
넘어가게 되면
그동안 정들었던
400그루의
배나무가 모두
무참하게
톱으로 베어질 것 같아서

이놈들이
자꾸만
눈에 아른거리고 밟혀서
그리고 이놈들의
우는 소리가 들리는 것
같아서

차마
그 결정을
쉽게
내리지 못하는구나

평범

평범 속의
위대함이여
이 얼마나 어려운 삶인지
이 점을
자주 잊는구나

아무리
그토록 애써도
자꾸만
평범에서 이탈하여

세상 사람들의
눈총을 받는
별난
인간이 되어버리네

저기에
평범하지만
오히려
위대한 사람들

항상 욕심의 끈질긴
유혹도
잘 이겨내며

나쁜 짓을
하지 않아도
살아갈 수 있을 만큼
열심히
수고하며

늘
자신을 낮추고
겸손하지만
비굴하지는 않고

그래서 그런지
모진
세파가 불어 닥쳐와도
그냥
그들의 곁을
스쳐 지나가 버리네

전혀
흔들림도 없구나

사랑의 손절매

주식투자에
경험이 쌓이면
손절매를 잘한다

사랑에도
깨달음이 쌓이면
손절매를 잘한다

가능성이 없으면
짝사랑 안 한다

미련을
더 이상 두지 않고
과감히
발길을 돌릴 수 있다.

신기루

장미가 핀 공원을
사람들이
한가롭게 거닐고 있다

천진한
어린아이들은
엄마 손을 잡고서
벌과 나비처럼
여기저기
날아다니는 듯

그러나
지금은
단지
태풍전야와 같은
고요일 뿐

갑자기
시커먼 먹구름이
잔뜩 몰려오고

하늘은
곧
칠흑처럼
어둡게 변하였다

콰과쾅
쾅
쾅
쾅
천둥소리의
굉음

시꺼먼 하늘이
섬광으로
장막이
찢어지듯 갈라지며

번개가
비 오듯이
대지에 마구마구 꽂힌다

세찬
비바람이
소용돌이치면서
모든 것을
휩쓸고 간다

아비규환

오랫동안
참고
또 참았던
하늘의 진노인가

여기까지의
행복한 시간들은
모두
다시는
볼 수 없는
신기루였던가 보다

환란

환란이 닥쳐오니
늙은이도
새삼
할 일을 깨닫게 되는구나

오랫동안
등한시했던
성경책의 먼지를 털고
이제부터
열심히 읽어야지

그동안
까맣게 잊어왔던
나라를 위한 기도를 시작해야지

나의 죄를
진심으로 회개하고
죄 사함을
간구해야지

가면

평화의 가면 뒤에
숨어서
킬링필드를 초래하는
악마의 존재들

예전에는
어찌
그렇게도
깨닫기 어려웠던고

기대

기대가
하나씩
하나씩
사라지다가

마지막
아무것도
남지 않는 날

둘 사이의
인간관계는
끝장이 나겠지

지우개

마음의 지우개

오늘 자정이
지나도록
회신이 없으면 지운다

일주일이
지나도록
대답이 없으면 지운다

한 달이
지나도록
응답이 없으면 지운다

일 년이
지나도록
소식이 없으면 지운다

다시는
주저주저하지 않겠다
인생이
어지럽지 않도록

낚시

낚싯줄에
물고기가 걸려들었다

그날 저녁
모두
매운탕이 되었다

미끼에 속은
대가로

물고기들은
죽어도
할 말이 없다

흙탕물

세찬
비가 내린다
흙탕물이
되어 흐른다

맨발로
흙탕물에 발을 담근다

전혀
거부감 없이

아직은
붉은 핏물이
되어 흐르는 것이
아니니까

같은 나무끼리

나무야
너는 식물이고
나는 인간이라고
네 앞에서
잘난 체한 것
용서해다오

전생에
무슨 죄를 지었길래
인간으로
태어나지 못하고
심지어
동물조차도
되지 못했느냐고

그런데
가만히
살펴보니
나무가 나무를
서로 죽이는 일은
절대로
없는구나

이 세상이
어떻게 변하더라도
같은 나무끼리
고문을 하거나
총살하는 일은 없겠지

그러니까
인간의 운명보다
너의 운명이
오히려
부러운 것이구나

머리가 어지러워
나무에
기대어 있으니
오히려
시원한 그늘이
뜨거운 태양을 가려주네

우주인

우주인이
중력 없는 하늘에
둥둥 떠 있다

서로 잡았던
두 손을 놓으니

점점
서로의 거리가
멀어져만 간다

한 사람은
이쪽의 우주 끝으로
다른 사람은
저쪽의 우주 끝으로

한없이
한없이
둥둥 떠내려간다

서로가
보이지 않을 때까지
가물가물

하나의 점처럼 보일 때까지
아니
점조차 보이지 않을 때까지

모자이크 사랑

초판 1쇄 인쇄 2019년 06월 05일
초판 1쇄 발행 2019년 06월 13일
지은이 남중헌

펴낸이 김양수
책임편집 이정은
편집·디자인 김하늘
교정교열 박순옥

펴낸곳 도서출판 맑은샘
출판등록 제2012-000035
주소 경기도 고양시 일산서구 중앙로 1456(주엽동) 서현프라자 604호
전화 031) 906-5006
팩스 031) 906-5079
홈페이지 www.booksam.kr
블로그 http://blog.naver.com/okbook1234
이메일 okbook1234@naver.com

ISBN 979-11-5778-380-9 (03800)

* 이 책의 국립중앙도서관 출판시도서목록은 서지정보유통지원시스템 홈페이지(http://seoji.nl.go.kr)와 국가자료공동목록시스템(http://www.nl.go.kr/kolisnet)에서 이용하실 수 있습니다.
(CIP제어번호 : CIPCIP2019022377)